伐柯诗选

常春藤诗丛

吉林大学卷

李占刚 包临轩 主编

伐柯 著

陕西新华出版传媒集团

太白文艺出版社

图书在版编目（CIP）数据

伐柯诗选 / 伐柯著． — 西安：太白文艺出版社，2019.1

（常春藤诗丛 / 李占刚，包临轩主编．吉林大学卷）

ISBN 978-7-5513-1595-1

Ⅰ．①伐… Ⅱ．①伐… Ⅲ．①诗集－中国－当代 Ⅳ．① I227

中国版本图书馆 CIP 数据核字（2018）第 285516 号

伐柯诗选

FA KE SHIXUAN

作　者	伐柯
责任编辑	蔡晶晶
封面设计	不绿不蓝　杨西霞
版式设计	刘戈
出版发行	陕西新华出版传媒集团
	太白文艺出版社
经　销	新华书店
印　刷	北京彩虹伟业印刷有限公司
开　本	787 毫米 ×1092 毫米　1/32
字　数	75 千
印　张	6.875
版　次	2019 年 1 月第 1 版
书　号	978-7-5513-1595-1
定　价	45.00 元

一座城的诗意纯度

——《常春藤诗丛·吉林大学卷》序言

　　城市是一部文化典藏大书，其表层和内里都储藏着大量文化密码，需要有文化底蕴、有眼光的人发现和解析，将来还可以引入大数据手段来逐一破解。譬如长春就是这样一座城。吉林大学等学校的大学生诗歌创作群体及其毕业后的持续活力所形成的高纯度的诗意氛围，使得长春在中国文化地理版图上扮演着不可或缺的角色，称其为中国当代诗歌重镇，毫不为过。呈现在眼前的这部诗丛，就是一份出色的证明。

　　20世纪80年代以降，以吉林大学学生为突出代表涌现出了一批长春高校诗歌创作群体。他们的深刻影响力、持久的创作生涯，为长春注入了经久不衰的艺术基因和特殊的文化气质。只要稍稍留意，就会强烈地感受到这一点。

　　诗歌不是别的，而是形而上之思的载体。这是吉大诗歌创作群体的一个共识和第一偏好。对诗歌精神的形而上把握近乎本能，将其始终置于生命与世俗之上，成为信仰的艺术表达，或其本身就是信仰，在这一点上从未动摇和妥协，从未降格以求。这，让我想到了一个词：纯粹。

是的，正是这种高度精神化的纯粹，对艺术信仰的执念，对终极价值不变的执着，成为吉大诗人的普遍底色。几十年来诗坛流变，林林总总的主张和派别逐浪而行，泥沙俱下。大潮退去，主张大于作品，理论高于实践的调门仍在，剩下的诗歌精品又有几多？但是吉大诗人似乎一直有着磐石般的定力，灵魂立于云端之上，精神皈依于最高处，而写作活动本身，却低调而日常化。特立独行的诗歌路上，他们始终有一种忘我的天真和浑然，身前寂寞身后事，皆置之度外。"我把折断的翅膀／像旧手绢一样赠给你／愿意怎么飞就怎么飞吧。"（徐敬亚《我告诉儿子》）这是一种怎样不懈的坚持啊！但是对于诗人来说，这却是再自然不过的事情。当苏历铭说："不认识的人就像落叶／纷飞于你的左右／却不会进入你的心底／记忆的抽屉里／装满美好的名字。"（苏历铭《在希尔顿酒店大堂里喝茶》）这并不只是怀旧，更是对初心的一种坚守和回望。我同意这样的说法，艺术家的虔诚，甚至不是他自己刻意的选项，而是命运使他不得不如此。虔诚，是对于信仰与初心的执念，是上苍的旨意和缪斯女神在茫茫人海中对诗人的个别化选择，无论这是一种幸运，还是一种不幸。不虚假、不做作，无功利之心，任凭天性中对艺术至真至纯的渴念的驱策，不顾一切地扑向理想主义的巅峰。诗歌，是他们实现自我超拔和向上腾跃的一块跳板。吉大诗人们，就是这样的一个群体。

诗歌在时代扮演的角色，经历着起起落落。当它被时代挤压到边缘时，创作环境日趋逼仄，非有对艺术本体的信仰和大爱，是不可能始终如一地一路前行的。吉大诗人从不气馁，而是更深沉、更坚忍，诗歌之火，依然燃烧如初。当移动互联网带动了诗歌的大范围传播，读诗、听诗和诗歌朗诵会变得越来越成为时尚风潮的时候，吉大诗人也未显出浮躁，而是不以物喜，不以己悲，保持着不变的步伐，从容淡定，一如既往。这从他们从未间断的绵长创作历程中可以看得出来，并且是写得越来越与时俱进，思考和技艺的呈现越来越纯熟，作品的况味也越来越复杂和丰厚。王小妮、吕贵品和邹进等人笔耕不辍四十年，靠的不是什么外在的、功利化的激情，而是艺术圣徒的禀赋，这里且不论他们写作个性风格的差异。徐敬亚轻易不出手，但是只要他笔走龙蛇，无论是他慧眼独具的诗论，还是他冷静理性与热血澎湃兼备的诗作都会在诗坛掀起旋风。苏历铭作为年龄稍小些的师弟，以自己奔走于世界的风行身影，撒下一路的诗歌种子。其所经之处，无不迸射出诗歌光辉，并以独一无二的商旅诗歌写作，在传统诗人以文化生活为主体的诗歌表现领域之外，开拓出新的表现领域，成为另一道颇具前沿元素的崭新艺术景观。他从未想过放弃诗歌，相反，诗歌是他真切的慰藉和内心不熄的火焰。他以诗体日记的特殊方式，近乎连续地状写了他所经历的世事风雨和在内心留下的重重波澜。所以，在不曾止息的创作背后，在不断贡献出来的与时俱进的诗境和艺术场域的背后，是吉大诗人一以贯之的虔诚。这种内驱力、内在的自我鞭策，从未衰减分毫！

吉大诗人的写作在总体上何以能如此一致地把诗歌理解为此生安身立命的精神家园，而不含杂质？恐怕只能来自他们相互影响自然形成的诗歌准则，在小我、大我和真我之间找到了贯通的路径，可以自由穿行其间。

例如吕贵品眼下躺在病床上，仍然以诗为唯一生命伴侣，每日秉笔直抒胸臆。在他心中，诗在生命之上，或与生命相始终。在诗歌理念上，他们是"六经注我"，而非"我注六经"。主观意象的营造，化为客观对象物的指涉；主观体验化为可触摸的经验；经验化为细节、意象和场景，服从于诗人的内心主旨。沉下身子的姿态，最终是为了意念和行为的高蹈，就像东篱下采菊，最终是为了见到南山，一座精神上的"南山"。

但是在写作策略上，吉大诗人则又显出了鲜明的个性差异，这可称之为复调式写作、多声部写作。在他们各自的写作中，彼此独立不羁，他们各自的声音、语调、用词、意境并不相同，却具有几乎同样不可或缺的个性化地位，这是一个碎片式的聚合体。不谋而合的是，他们似乎都不喜欢为艺术而艺术，而艺术之背后的玄思，对精神家园的寻找和构建，对诗歌象征性、隐喻性的重视，似乎是他们共通的用力点和着迷之处。他们从不"闲适"和"把玩"，从不装神弄鬼，也不孤芳自赏地宣称"知识分子写作"；他们对"以译代作"的所谓"大师状"诗风从来避之唯恐不及。但是他们的写作却天然地具备知识分子化写作的基本特征，那就是独立自为地去揭示生活与时代的奥秘与真相，发掘其中隐含着的真理和善。这一切，取决于他们身后学理的、知识结构的深层背景，取决于个体的学识素养和独到见地。他们的写作饱含着悲天悯人的基本要素，思绪之舟渡往天与人、人与大地和彼岸，一种无形的舍我其谁的大担当，多在无意间，所以想不到以此自许和标榜。例如所谓"口语化"写作，是他们写作之初就在做的自然而然的事情，在他们那里，这从来就不是一个"学术"问题。

　　"口语化"运动本质上是个伪命题，诗怎么会到语言为止？毋宁说，诗歌是从语言层面、语言结构出发，它借助语言和言语，走向无限远。口语，不过是表达和叙述的策略之一，一个小小的、便利读者的入口而已，对于跨入诗歌门槛的人来说并不玄妙。当诗坛的常青树王小妮说："这么远的路程／足够穿越五个小国／惊醒五座花园里发呆的总督／但是中国的火车／像个闷着头钻进玉米地的农民……火车顶着金黄的铜铁／停一站叹一声。"（王小妮《从北京一直沉默到广州》）这是口语化的陈述，写作态度一点都不玄虚，压根就无任何"姿态"可言，它们是平实的，甚至是谦逊的。这既非"平民化"，也非"学院派"，但是我们明白，这是真正的知识分子式写作，这是在"六经注我"。这陈述的背后，有着作者的深切忧思、莫名的愁绪和焦虑，有促人深思或冥想的信息容量。吕贵品、苏历铭的诗歌一般说来也是口语化的，但是他们也从来不是为口语而口语。徐敬亚、邹进、伐柯们的诗歌写作，似乎也未区分过什么"口语"与"书面语"。当满怀沧桑感的邹进说："远处，只剩下了房子／沙鸥被距离淡出了／现在，我只记得／有一棵蓝色的树。"（邹进《一棵蓝色的树》）当伐柯说："一株米兰花在雪地主持的葬礼／收藏你所有站立不动的姿势。"（伐柯《圣诞之手》）这是诗的语言，诗的特有方式，他说出你能懂得的语言，这似乎就够了。说到底，口语与非口语的落脚点在于"揭示"，在于"意味"。"揭示"和"意味"才是更重要的东西。而无论作者采取了什么形式，这形式的繁或简，华丽或朴素，皆可顺其自然。所以，对于吉大诗人诗歌写作，这是叙述策略层面的事情，属于技巧，最终，都不过是诗人理念的艺术呈现罢了。倒是语言所承载的理念本身，其深邃性和意味的繁复，需要我们格外深长思之。

当诗人选择了以诗歌的方式言说，那他就只能把自己的全部人生积累，包括他的感悟、经历、知识、生活

经验和主张无保留地投入诗歌之中。吉大诗人对诗歌本
体的体认上，在诗歌创作的"元理念"上，有着惊人的
内在默契，这可能和一个学校的校风有着内在的、密切
的关联。长春这座北方城市与北京、上海、成都、重庆、
武汉都不一样。坐落于此的吉大及其衍生出来的诗歌文
化，没有海派那种市井文化加上开放前沿的混杂气息，
也没有南方诸城市的热烈繁茂的词语，所以在诗歌风格
上从不拖泥带水，也无繁复庞杂的陈述，而是简明硬朗，
显出北方阔野的坦荡。同时，与北京城的皇城根文化的
端正矜持相比较，聚集在长春的诗人也没有传统文化上
的沉重负担，更显轻松与明快。用一位出生于长春的诗
评家的话说，流经白山黑水之间的松花江，这一条时而
低吟时而奔涌、气势如虹的河流，塑造了吉大诗人的文
化性格，开阔、明快而又多姿多彩。所以就个体而言，
他们虽然从共同的、笔直的解放大路和枝繁叶茂的斯大
林大街走出来，但一路上，他们都在做个性鲜明的自己，
一如他们毕业后各自的生活道路的不同。而差不多与此
同时，与吉大比邻而居的东北师大，也沿着我们记忆中
共同的大街和曾经的转盘路，徐徐靠拢过来。这里有三
位——以《特种兵》一诗成名的郭力家，近些年来在语

言试验上反复折腾，思维和语句颇多吊诡，似乎下了不少功夫；李占刚的单纯之心依旧，这位不老的少年，却总有沧桑的句子，令我们惊诧不已："你放下的笔，静静地躺在记忆里／阳光斜射在记忆的一角／那个下午，室内无边无际。"（李占刚《那个下午——致托马斯·特朗斯特罗姆》）任白则是一位思考深邃、意象跳跃的歌者，他的那首《诗人之死》令人印象深刻，洞悉了我们隐秘而痛楚的心："我一直想报答那些善待过我的人们／他们远远地待在铁幕般的夜里／哀怨的眼神击穿我的宁静。"

所以，从长春高校走出来的诗人，有一种与读者相通的精神和平等交流的诚挚，他们以看似轻松、便捷的方式走近读者走进社会。其实，每一段谦逊的诗歌陈述的内里都深藏着骄傲而超拔的灵魂。其本意，或许是一种力求不动声色的引领，是将艺术的奥秘和主旨，以对读者极为尊重的平等方式，给出最好的传达之效和表达之美。在艺术传达的通透、顺畅与艺术内涵的高远、醇厚和深远之间寻找平衡。正是这样一种不断打破和重新建立的尝试、试验的动态过程，正是这种不仅提供思想，还同步提供思想最好的形式的过程，推动了他们诗歌创作的前行和嬗变。

这，应该是长春城市文化典藏中潜藏着的密码的一部分。诗歌的纯度，带给这座城市强大的精神气场。作为中国当代先锋诗歌重镇之一，长春高校与上海、北京、武汉、四川等高校的诗歌创作形成了共振，成为中国朦胧诗后期和后朦胧诗时代的重要建构力量，构成了中国当代诗歌一段无法抹杀的鲜亮而深刻的记忆。就诗人本身而言，大学校园及其所在的城市是他们各自的诗歌最初的出发地。现在，他们都已走出了很远，身影已融入当代诗歌的整体阵容当中。其中，一串人们耳熟能详的响亮名字，已成为璀璨的星辰，闪耀于当代诗坛的上空。我因特殊的历史机缘，对这些身影大多是熟悉的，也时常感受到他们内在的诗性光辉。他们在大学校园中悄悄酿就文化的、艺术的基因，慢慢丰盈起来的飞翔于高处的灵魂，无论走得多远，我似乎都可以辨识出来。它们已化为血液，奔流于他们的身心之中，隐隐地决定着他们的个性气质和一路纵深的艺术之旅。

包临轩

2018 年 3 月 10 日

目录

一只猫深夜陪主人打牌

一只猫深夜陪主人打牌

它的双肩，所能承受的全部黑暗

比一线烛光更加虚弱

比一束民歌

更能触动和擦亮

一部森严的法典

是他们

赐予我高秋满室的风声

它的高贵，和城市一样

令我坚持和终结

并且深谙

只需一缕最淡的体香

或者，耗尽嘴中一枚最轻的词

就足以从玩牌者远方的毛发中

垂钓到葬送一生的幸福

雪地的爱人抽身而去
关上门
世界竟小于一粒古人的骰子
它环绕着那漆黑的城，风的脚
轻轻地说出了这样的言辞：
"如果名家的言论使你们畏缩，
请直接施法大自然！"

我是世界一枚小小的骰子
用怀旧的力量倾听，雪落空山
以及被拒绝在门外的世界
用抛向半空的目光
迫使我邻近的诗歌
在一只猫的注视下
缓缓加深睡眠

1991 年 10 月　长春

圣诞之手

一株米兰花在雪地主持的葬礼
收藏你所有站立不动的姿势

我是经年卜居的歌手
跌坐在众生逃亡的岸上
隔河观望你掌心的温度
我已经习惯用这种方式
送你的手回家

穿过一生的雪
我终将沿途丢失朋友

面对一场深入内心的雪
我忽然低下头去
远方空谷的鸟声

以与我同样的感动
翻阅着炉火旁纷至的信札
沿途丢失的朋友
寂寞地浮出水面

现在
我所能触摸到的事物
越来越少
现在，纯洁的箫声
泊满你宽大的睡房

在这样彻骨的深夜
除了你连心的十指
以及天空下洁白的葬礼
谁？还能将这样精致的肌肤
从河流注入河流
从一个朝代到另一个朝代
默默传递到
我日益稀薄的睡眠

当你老的时候

你优秀而动荡的指纹

不再鲜艳

请从墙上取下这部诗歌

就像抖落一生的雪

就像，轻轻地拿走

足以洗净一生的灾难

1990 年 12 月 25 日　长春

母亲青年肖像

一

双眸蓄满玫瑰的暗香
额头和远物相连
她的飘逸
令人怀念起姹紫嫣红的春天

母亲盛开于这样的季节
她那浓密的黑发
是去年遗落的一树桃花
被故乡的远物勾连
被无数美丽的风声轻轻吹起
在噩梦缠身的夜晚
揽我入怀

记忆的河流两岸
母亲迎风长成一株枣树
星光闪耀的长夜
我像渴望一束阳光一样
渴望　她从树顶降下的一滴露水
一次平静的睡眠

有时候
为了吃上一颗枣
往往要付出一个完整的童年

二

七月流火
母亲是一面妖娆的旗帜
被繁华的远景和农事　所包围
我在金黄的沙滩上
含笑写下她古老的姓氏
以及她婀娜的躯干

和水一样的腰肢

明媚而鲜亮的水边
丽人样闪烁而透彻的
是母亲袒露无余的双乳
如同两只　溢满水果光泽的谷仓
安然地等待着，从容，闲逸

我懂得了两岸骤起的雨声
因而，我懂得了一次喧哗
一场神秘而高贵的爱情

三

如今
这一切都不复存在
那水妖般清脆的笑声
已从我寂寞的掌心　缓缓流逝

在千里之外
我唯一所能看见的
是秋虫爬行时　瑟瑟的细语
我的手掌所能反复摩挲的
只是一截尘封多年的往事
一尊秋叶般枯黄的肖像

四

多年以后
母亲忽然俯下身来
她的额头所能席卷的芬芳
如同远东今夜的雪
悄然击中我的哀伤

一颗暴风雪中夜行的灵魂
怀揣着一堆过冬的利器
我看见她从雪地转过头来
用一种风的语言，缓缓地对我说：

"他们在黎明时跳着舞离去，

这是到黑暗国度去的庄严舞蹈……"

1992 年 1 月 15 日　远东

山南的雪

这是致命的长夜
难眠者在杂乱的记忆中奔命
上帝却想把所有的盐，运往远东
去制造一场更重要的大雪

今夜，那一缕山南的鹅毛
反复击打着夜行者的哀伤
这朵雪一样的亡花
究竟飘荡了十年
五十年，还是八百年？
像天书一样
温顺地将我覆盖　和掩埋

在雅砻河的最深处
我清晰地目击到

一只翻越掌心的燕子
在远远地围观冰川背后的风景
云端上的雍布拉康
青稞和酥油浇灌出的秋天
或者　那些奔走的僧侣

这一切都与她无关
她只是在安静地等待一场大雪
来温暖她伤心的羽毛
以及冰川之上
可以栖居的一片森林
哪怕只有一小截　枯萎的树枝

十年，或者五十年以后
那年山南的雪
已经栖居在我的内心
就像那些僧侣
遗失在雅砻河的乡愁
在灵魂最深处
侵蚀着我奔流的血管

钙化成，呼吸粗重的盐

被驱赶着

去酿造另一场远东的暴雪

可是，我分明清楚地触摸到

那只被冰川洗净的燕子

眼含泪水

就像，古代诗人笔端卷起的千堆雪

在半梦半醒之间

痛楚地渴望一次命名

并且唤醒我的忧伤

2012 年 12 月　北京

亡花

谁，同戴花的人一起
影子样从窗前掠过，爬行
在昏黄的街景里蠕动
伸张

而日晷已倾斜
花园已经寥寂
灰烬已潜藏于黑暗的内心

归家的人，饮泣的风
在春色中已经颓败
年迈的信使，在花丛中洗手
时间在暮色中，穿过广场

这些人，由我做证

1993 年 5 月　远东

岸上的和水上的（长诗）

第一章　月照

一

因为，我在这二十一支舌尖的火焰里
点燃涂满睡眠之银的塔顶
通过不朽的先人
我已经穿过礁石和旌旗
逼近你的窗前
覆水的夜莺，以及沉船
雾和紫箫，黄昏的剑客
穿过不朽的先人
沿着爱人陨落的方向靠近
沿着西风一样的言语靠近

二

谁敢在今夜搁置北风
谁敢在今夜
遮蔽巨野和海滨暮冬的早晨
因为，在这舌尖的火焰里
我将使你们诵读
诵读茂密的园圃、水果和牧草
我终将使你们满意于
你们早已失落多年的
那一半生命

三

仰卧在城市空地上对饮的人
通过时间和玻璃的隧道
交换声音与面孔
路灯和星光在头顶熄灭
目光在海藻样的睡眠中熄灭

如果你愿意

双膝跪地在儿童的视线上远眺

而且，君临万物

遍地的醉客，云集在你的右手

荒蛮的篝火，栖落在你的右手

你用左手穿透重重的暗夜

所有那些诞生过星光的语言

便从不同的方位出现和消失

此刻，远游的人从水底带回了诗章

四

此刻

远游者西风样的欢笑

坠落于大地

让你们游荡漂泊的灵魂

让那在铜的光芒下 瓦解的肌肤

在初生之水的伤痕内

在水晶如墨竹丛生的夜间
回到我们先辈的桌面

浪子们
为何不见你们的去年和来年
在充溢狼嚎的四野
传送你们的声音和美名
你的至美　被扼杀在众目之上
扼杀在
你们泪水虚空的高地之上
鲜红的旗幡
一夜间插满我的双鬓

五

以我肋骨的养分
以丁香般芬芳的食指
切开一片阳光
切开我久别的爱人

无尽的涛声

疯狂的红血和凡·高

漂流的风，巨翅鸟

以及丛生的麦地

不能远游的爱人啊

许多年过去了

可曾伸出你冰凉如皓月的视力

为一只久病的手掌

失声痛哭

濡湿我 落满尘土和树叶的衣衫

第二章　秋颂

六

我坐进秋天广大的葡萄园
恐惧衰老一样，恐惧站立
我对纷至的行人说，我的孩子
到北方去
到北方去访问著名的风景吗？

上路之前
一定要反复锋利　简洁的辞藻
以及　通体清朗如洗的宝马
以及
多难的二十四桥　流水之年

七

当我开始抚触

流水之年的二十四枚弹孔

去年的目光如水

纷争的草地

供养冬天瘦瘠的雪荒

越过水草样的双手

越过响亮的堤岸

越过昏茫的北方，寻找我的爱人

中间所有的沉重退却

语言退却

怀念和歌声退却

只剩下一层稀薄而隔世的白栅栏

使我们永远无力在北方　逾越

水果样透明的雨夜

八

挥一挥手
依然是午夜入梦的长街

无名指围困于肉色的水洞
依然浮游在　古代水族之上的
是大水的母亲
那水母
飘荡在星空下的圣女
永远在平静的水上
永远在汹涌的涛上
和谐地布置着闪电和潮声

她的指向和仰起的歌声
引导这流浪者
在广漠的空间上路

在沐满金光的屋顶
依然浮游在今夜水族之上的

是大水的母亲

那水母，飘荡在星空下的圣女

播撒给迷误者

无限的善和智慧

九

今夜有你

有你虚设的森林和沼泽

我若丧生于　陈设谴怒与伤痕的驿道

谁会

无缘地翻阅那堵记忆的暗礁？

为失去领袖和歌王的独木舟

而掩面痛哭？

谁会抵达久病贫血的庄园

为我运送

玻璃样贫穷而澄澈的意志和肉体

因为，我在这二十一支火焰里诵读

倾听潮湿的飓风
倾盆的雨水
分离的岸

十

今夜有岸
鸟类和风信子的低鸣
或七月的其他言语

第三章　沙与岸

十一

我的体力
优秀而进步的体力
树枝一样向北方蓬勃和铺张
悄悄地挥一挥手
贴近光明的指端
死者蜂拥而至

我的前面，是奔腾的浪涛
我的后面，是透彻明晰的苍穹
水在上面，水在下面
水在四周弥漫
那么，我在哪里？

指示我吧　星空
是哪一只生命之手在赐予死亡
是谁使腐烂的河流
碰响了我忠实的品行？

十二

不义而困乏的肋骨　爬上岸
不洁的玫瑰和唇印　爬上岸
淫邪骑鱼的水妖　登上岸
怕痛的灵魂触及岸
像海螺攀附　临水而居的岩石

我看见他们
碾过我疲倦的血液
戴着沉重的脚镣
带着蹄印
带着棕榈叶裹藏的一页圣书
带着群峰簇拥下　逃亡西奈山的福祉

我听见它们

在二十一支舌尖的火焰里老化

听见呼啸的西风

从重重幽暗中席卷而过

在我栖身侧卧的堤岸

痛苦地感受到

水鸟和天空的逃亡

十三

我对我水上的那一部分说：升回天空吧

我对我岸上的那一部分说：归于尘土吧

十四

我独自停泊在这里

从黑夜出走的人

背弃寒冷和朔气的人

她们幽暗的胴体上沐满阳光

走过我仰卧成荫的宽大堤岸

我独自停泊在这里

忠实地牢记着我的国家和人民

牢记着　西奈山上整洁的戒律

在巴比伦

在亚细亚的白昼

在这些出产神祇和佑助者的港湾

我旧时所有的爱人

带着黄沙

带着盐粒样的西风

我听见她们裙带断裂的沙沙的响动

我看见她们将一些心爱的冬天

像折断一根树枝一样

为我装点

一只水下无处藏身的眼睛

我触摸到她们丰满的腰肢

在诸神的水位停泊
从河流与高山之间穿过
直至在北方的雪野中融化　死去

我再一次闻到彼岸散发出男人成熟的气息
越过水面缠身的音乐
引导她们火热滚烫的双唇吟诵
冬天来了
春天还会远吗

十五

尽情地呜咽吧
那非难的西风
不义的西风

还记得打捞沉船和舵队的渔色少年吗
还记得
脚踏溺水的"汩歌"，走进墓地的黄昏剑客吗

还记得

远游者在沙与岸之间无边地对饮吗

崇高而至圣的岸

传唱灾难的岸

果真能将

父兄这水底无比锋利的苦难

延展到　无路通达的故乡和童年？

第四章　镜与灯

十六

当生育的季节达到了完美
忠实的智力和二十一支舌尖
催我上路

安慰好每一个水底的微生
我开始使你转向北方的人民
和他们的城
以及他们最初祈颂的住所
便有二十一尊大神
出没于响亮的沙岸

永恒的夜，被关押在舌尖上
歌人和多毛的乐章

被关押在卑微的舌尖上

从笑声中隐退的大神

隔着树荫和方位

赐予我恢宏坚实的肉身

当生育的季节达到了完美

我生动地照耀着沉船

和街道的逃亡

盐和灯的逃亡

十七

在更早的年代里

我像切开一脉阳光那样

切开爬虫遍地的广宇

在更早的年代里

我举起怕痛的灵魂

徒步上岸

手执谷子和水分

慰问我播撒在大地心中淡然的长笑

它们在如此钟爱的臂膀照耀下

自由自在地放牧着河流

黄沙，和处子创造的西风

十八

悄悄地挥一挥手

我对纷至的爱人说

我晶亮的蛇

到北方去

去造访那一尊因于水底的"悼词"

一具百年后　依然淙淙作响的肢骨

我将使你们诵读

诵读从这二十一支舌尖的火焰中

取走的泥土

我将于白冬踏雪

在岸，和秋天的葡萄园

领你们去见识

造光的那个遥远的午后

十九

当钟爱的鲜花和禽鸟上岸

我便是劫掠阳光的住所

和沙岸上　目光溃烂的微生

一旦在我的普照下

奔走于大野的爱人啊

迎风而泣而歌的爱人啊

你成熟的果实

能否充当不朽的供品

在原初的今夜　搁置于北风

搁置于洁净地面上

卑微的法典？

以你肋骨的养分
以你丁香般芬芳的十指
独自停泊在
诸神死亡的水位

二十

是的
在这二十一支舌尖的火焰里
我终将使你们高声诵读
诵读茂密的园圃
水果和牧草
我终将使你们满意于
水上那漂泊多年的
另一半生命

1990 年 9 月　长春

敦煌

不要轻易地抵达
一年死去一次的敦煌

那只是一次幻影
一种小小的命运
收殓我一生
十二次盛开的月亮

敦煌，弓箭放弃射手
盾牌熄灭号角
生还的马队和驼铃
血战黄沙
马蹄深处
归来我西行的公主
楼兰的新娘

一滴血从敦煌飘下来

一滴血

杂乱地打湿我的诗章

从更加深远的宋朝和西部

散发出垂死的气息

照耀深秋

最美丽的奔命与逃亡

敦煌

我唯一能操持的文字

是灯塔和风沙下的新娘

臣服的舞者和歌人

盲目地委身于婚纱和庆典

而家园迫近杀戮

爱情倾向于血腥

远客鸣沙

列满王公长跪的香气

而我唯一能复活的肖像

是我满身灰烬和壁画中的新娘

风行于战火
围困于核心的敦煌
我唯一能灭亡的
是那些埋葬经典的死者的名字
一位大师的沉默
和空无一人的葬礼

敦煌
玉和月光
兽与王族的后裔
女人和水
通向天堂之路的氏族
列队来到天的尽头
使痴者唯一的毛发和肌肤
在永劫迷途的尘沙里
风干一万次
丝绸和信物　结成的等待

敦煌，除了女人

还有什么值得拥戴？

除了背叛一生的一段河流

谁还能洞悉万卷经书

和真正的典籍

谁还能洞悉你幻灭的宝藏

不过是一尾存活于手掌的鱼

使更多西去大漠的新娘

在黄沙中，迷失唯一的嫁妆

和唯一的方向

我，从未去过敦煌

那只是一次幻影

一口未续的陷阱

诱惑我今夜盛开的十二个月亮

1991 年　中秋节　长春

低飞的燕子

我喜欢在暮冬的薄雾中去看海，东边的海
某次酒醒之后
我满怀失败的诗意
以做梦的方式去虚拟一场内心的海浪
在路边的咖啡馆
和目所能及的星空无话不谈

那只低飞的燕子
隔着南京东路
远东最物欲横流的一条旧街
俯瞰我这张破碎的脸
以她至善的双翼牵引
使我远离不良的尘嚣
使我在暮冬提前成为春天的王

她如此低飞的姿势
引领我在温暖的潮水里反复梦见
令人心悸的远方

在崇明，燕子飞得更低
我独自在大江入海的尽头和她对饮
和一只准备冬眠的青蛙对饮
和终将腐烂在这江滩上的未来对饮
浩大的江流
一切被裹挟而至的各路污泥浊水
被她温暖的舌尖所俯瞰，所检阅

橘园的秋虫可以做证
一位略显肥胖的本土诗人可以做证

他世居在这孤岛上
比我更轻易垂钓到远处绵延的雪山
沼泽和海子
马蹄和喂马的人
他在这孤岛上收藏血管一样奔流的水系

甚至包括，我家乡那条不知名的举水

胖诗人对我说：兄弟，哪怕最土气的举水
其实也是大江的一条命
他和我对饮一杯来自举水河边的淡茶
终日在这孤岛上
目睹寂灭于东海的大水

就像那只低飞的燕子
她衔起的泥土
总是能以最包容的方式
在这大水弥漫的生命尽头
让我安静地听命一只鹤的安排
在她修长的羽翼下安身立命

其实很多年以来
我一直守候在命运卑微的角落
期待那只在暴风雨中穿行的海燕
在天地之间
甚至在天崩地裂之间

飞进我苍凉的梦境
让我四处飘荡的灵魂
追随这深秋的大水
抵达她宁静而潮湿的内心

其实，在无数被分割的天空下
我都能清晰地分辨出她低飞的速度和方向
在曾经的运河古道
天之涯，海之角
在额尔古纳
在漓江的霏霏细雨之中
甚至是法门寺那遥不可及的香火里
她掠起的每一滴水珠，都和我息息相关

在更多的时光里
我只能通过远眺来填补内心的孤独
就像我现在站在崇明
在举水河的最尽头
平静地期待她再次低空飞翔
就像期待那些东方最美的鸟类

从我现在的头顶轻轻飞过

妩而不媚
哀而不伤

2016 年秋　崇明

月光下的莉莉·玛莲

深夜，我的桌面如此虚空
我只好停止写字和翻书
就着月光，想一想伤心的战争

经常梦见的小女人
用笛子演奏着上帝之乡的颂词
穿透我　恍惚的烛光和泪水

1938 年深秋的月亮
也是用笛子的方式
照亮德意志南部的森林
平静地讲述着月光　河流和战争

为梦中常见的小女人歌唱
为毁在森林的小女人歌唱

反复折叠梦中刀锋一样的火焰
穿过你美妙的胴体
善良的肌肤
在神圣的暗夜中走遍大地

此刻，莉莉·玛莲——
沙漏钟带着金属的响动走过暗夜
火车撞击铁轨的声音
响彻这个城市的床脚

我在乐章中举起枪支
在没有森林和寒冷的夜空中奔跑
像一匹东方的好马
单调而忧伤的枣红马
让子弹在思想中穿行
我向往的红马倒地
倾听月之歌唱

此刻
莉莉·玛莲——

我成为夜的自由射手

士兵。下午的报纸

纸伞。笛子

曲折的雨巷

残肢。小提琴和提琴师

粉红的纱窗

号角与壁灯

厌倦了漂泊的漫游者

安魂曲

还有，风速和风向

莉莉·玛莲

梦中丧失了诗意和容颜的小女人

不要去看那张惨白的脸

只管将你的黑发和小手

深埋在黑暗的怀中

向死亡告别

向河流告别

向德意志南部的一只青蛙告别

追随着千年不变的光亮

漫过长街

在你的体内

与我相逢

此刻

夜莺和唱诗班的儿童

一齐停止了歌唱

我的丛林依然在虚弱地为你祈颂

莉莉·玛莲——

莉莉·玛莲——

1990 年深秋　长春

秦

暗夜我所能动摇的雪
渗透一个女人的姓氏和睫毛

在披满阳光的山谷之阳
要求瓦解和显现

这光焰所伤的色彩
日益为天使的旗幡所围困
所关押
迫使一个女人
造就生命之水
为我逼人的血气而殇

击败那隐忍而慈善的黑发
我卑微的词

要求在黄金中冻结

在雪地，要求苦难之翼
改变你在谷底
倾国倾城的黑暗

没有疾病的死
是仰卧而完整的死

在密布澄澈之光的天宇下
我们完整地仰卧在初生的雪野上

生命的碎片迫近指端
勒令我们
交出千年最后的歌唱

在灵魂各自落入　回声之手时
勒令我们
为永久的姓氏赶制墓地

1991 年 4 月 10 日　长春

和爱有关的 16 首短歌（组诗）

廊桥遗梦

那一夜的降临绝非偶然
因为在你看来
从《西厢记》里面走出来的崔莺莺
和麦迪逊乡下的美国农妇弗朗西斯卡
没有什么本质上的区别

你一直试图寻找说服自己的理由
结果你发现，古今中外的爱情故事
基本上都和道德无关
甚至可以说都是不道德的
就连《圣经》的多个版本
也都写满了爱情

于是，你只好在那一夜
选择性失忆

南方的雨夜是最好的催情药

你知道，错过那一夜

就会错过一生

所以你说服自己

必须像弗朗西斯卡那样

和远方来的闪电遭遇一次久违的激情

尽管在不远处的暗夜里

还有一道你熟悉多年的闪电

习惯性地埋伏在焦虑的大雨中

等你回家

2000 年 10 月　北京

一线天

是谁

撕裂你天空之城的第一道伤口

赐予你炙热的甘露和琼浆

迷雾缭绕

同时又窒息你向阳生长的方向

你虚掩的门从此永久关闭

传说中的自由和遐想

只能隔着一堵墙

用侥幸的意志力来仰望不存在的星空

我在外面

你在里面

我委托梦境和星辰来刺探你

让你和月亮的清辉一起来终结

并且铭记
枷锁的刺痛

星辰闪烁
我抚触到你潜在的神秘之水
像久违的明器
在黑暗中水滴石穿
终将我这一刻
塑造成想象中的光线、尘埃，与星辰本身

我在上面
我在下面

2017 年 4 月　北京

周边的青草

我们总是习惯于
被我们创造出来的周边青草所遮蔽
习惯于把自己，囚禁在
这些茂盛青草自造的悬崖之上

有时候其实我们什么都不缺
除了一块洁净的地面
我们还需要用一颗虔敬之心
以不同的方式
来加持这些丰腴过人的青草

你那淡紫色的蝴蝶
被茂密的青草所围困
在黑暗的核心急剧地涌动
那光泽令人晕眩

这是多么欢喜的场景啊

此刻，不知道真主是否也能认同

这种同样是从天启中

走出来的幻象

就像午夜前面的那个人所说

世间事除了生死，哪一桩不是闲事？

2014 年 8 月　北京

秋水

你和绵延的晚籁
共同见证了万壑无声
你永远都能静坐在不同时代的秋水面前
心外无物，当然这并不代表
你心中没有山峰
无事的秋水和数峰一起肃立
斜阳无语
这是对你最好的读解方式

你又是至善的秋水
只有片刻令人心碎的善
方能击败你隐忍的心
哪怕是不经意的一次自伤
来换你宽恕与奔流
我只是在某个单调的拂晓

意外碰响
一串和你爱情相关的密码

从此我将钥匙弃之荒野
秘而不宣

我总记得在某个童真的日子
唤醒你仁慈的秋水
不喜，不悲

2018 年 4 月　北京

激流岛

从前某人曾想把激流岛拍成电影
还说幸存的女主角愿意亲自来改编

我不认为这是个好主意
黑夜给了他黑色的眼睛
也给了他无助的贫瘠
欲望恐惧的灵魂
他却用来寻找一把新西兰斧子
将那鲜活的激流生生腰斩
甚至一起车裂

为何不去向麦卢卡的土著学习制造蜂蜜
就像你这样妩媚的天使
痴迷于火山和地热运动
让大漠之风轻拂我沧桑的内心

让黄土之尘栖息于我眼底的泪痕

你长跪于荒野
为自己的故土祈福
通过自身的体温传递
你穿越时空，和一次平静的葬礼
赐予我恢宏的花之蜜

只有你所庇护的这一次激流
才值得拥有真实的养分
只有你那高贵的头颅
才值得被激流岛用来命名

并在今夜洒落下遍地的恋恋风尘
这纯柔之风，这绝命之尘
这风，与尘——

2018 年春　北京

那一年都江堰的烟花

据说，那年都江堰的烟花
只为你独自盛开
你像黑发披肩的水妖
缓缓从江面升起
只需你弹奏一首克莱德曼的钢琴曲
就可以温暖江边那条开满丁香的雨巷

你从冬天的背面穿越这千年古堰
当然你可以称它为堰
也可以称它为一条大地裂开的渠
浑身通透
曲径通幽

它弥漫的大水
足以淹没所有开满丁香的雨巷

如果天空和夜色需要

它同样可以熄灭

漫天的星斗

以及烟花耀眼的光芒

对于制造烟花的夜行者来说

那年的烟花再美

都美不过你那神秘之渠

唯有渠

才是进入极乐世界最好的通道

2010 年夏　北京

重庆森林

诗人默默地说我高举古代德的火炬
照亮现代善的荒原
说我干醉了貔貅，饮翻了豺狼
可是兄弟
我根本就干不过重庆的森林
还有我心仪的九宫格
以及嘉陵江上的那一船渔火

是的
我的悲伤不在脸上，在心里
我甚至都干不过大田湾的一间小酒吧
不信你可以去问诗人宋玮
他也同样干不过那个叫喜新恋旧的陶吧
干不过墙上自由倾泻的文字和曾经的爱情

你还能怎么干？

你还能干得过谁呢　兄弟

你再干，她就隐忍地出世

她就去信佛

不信你再去问问宋玮

2010 年夏　北京

北川之北

是的，我曾经战胜过雪中的芭蕉
我也曾经赢得过黑洞里的草莓

但是，我从未去过四川北面的北川
从未在北川以北
非难阴冷的北风
在这样滂沱的雨夜肆掠
以盗来的天堂之水
悄悄推开门
为你清洗陈年的伤口

既然有人醒着
在伤口之外旁观
就一定有人在门外孤独地疾走
被万籁所笼罩

她的全身一定淋着雨

灵魂无所皈依

就一定有人在去年的山涧里

为她施洗

为她吟诵安魂曲

既然有人醒着

就一定有人在长夜里以泪洗面

这些人

不可能不涉及，我动荡的从前

2008 年 5 月　北京

无名肖像

从今天起，我要为你的孤独
浇水，修剪，找一个家
从今天起，就把你的肖像挂在墙上
让春天的燕子
乔装打扮，称你为王

从今天起
我要让金色的秋天
永远停靠在那一夜
让你灰色的风衣
浇灌出青铜的颜色
用彼此靠近的力量
让我们的呼吸同步
让整个世界都瞬间安静下来

我要让你神秘的微笑
令全人类感到窒息和心悸

我还要让所有认识你的人大声高喊
在水中，在雪地，在风里，在礁石上
让他们知道
孤独究竟是个什么东西

2014 年冬　北京

此去经年

不知道为什么你会挑拣这四个汉字
作为你微信的名字
想必一定暗藏着数不清的秘密
也许那些隐秘的机关里
深埋过太多沧桑

我一直坚信
没有哪一滴覆水
能够回到它出发的位置
但这人世间
也绝对没有无法击败的沧桑

漂泊才是人生永恒的主题
就像你当年无所畏惧地迈出那一小步
注定了你的灵魂

此生就要经年累月地游走

其实，周遭所有的一切
不过都是我们自己内心的显现
一旦你明白了这一点
这世界就没有什么解不开的忧愁
此去经年，此去经年

2010 年秋　北京

忆秦娥

你用一世的守望
来宽恕
那年离家远走的青涩少年
冬天的冰河之水
漫过你燃烧的腰际

即使他许下的诺言虚幻而空洞
你依然相信守望的力量
尽管这样的故事每天都在上演
你依然喜欢站在高高的山岗
面朝北方，心若止水

春日游，杏花吹满头
韦庄推荐给你的那个风中少年
绝望地谋杀你所有的阡陌

杏花和紫云山里的杜鹃次第凋谢

次第开放

多年以后他万里归来，物是人非

你的呼吸依然紧张

他也因此相信了宽恕的力量

2018 年 4 月　北京

陌上花

我们安静地坐在窗下看一江春水
春水何时开花，那是河流的事
陌上何时开花，那是乡愁的事

我们都是有故乡的人
从小就隔着阡陌的边界，鸡犬相闻
对于那些在梦里虚拟故乡的人来说
所谓青梅竹马，所谓两小无猜
无疑是一卷永远也读不懂的天书

陌上花开，我可以慢慢等你回来

农事检验我们对于土地的忠诚
春天的荞麦，夏天的芝麻
秋天的苔，冬天的矮子白

都是我们最好的亲戚

那些已叫不出名字的农具、斗笠、蓑衣——
熏蚊子的艾草，火炉边烤出的糍粑
还有说书人在当空的皓月下
残忍地杀死一段
明天才会有的故事

陌上花开，我总是站在河边
把最后的祝福，抄送给你

2018 年 4 月　北京

千秋小镇

只有当我来到东海之滨的千秋小镇

才真的懂得什么叫率土之滨

古代君王的领地，居然如此生动而辽阔

相传后羿也曾经在小镇边射日

那被射下来的八个太阳

八成是摔死在滩涂的杂草里

不然，千秋东面的大海

不会如此浑浊得像鸡蛋黄

我来千秋真正的目的

其实是因为你

我想从你疲惫的笑脸上

探寻到你琐碎的童年

想臆测你明眸皓齿的少女时光

结局有点令人失望

你永远不能在千里之外去预测一条河流

就像你深入其中的千秋之水

汇入东海之前，它如此清澈

滋养出的鱼虾鲜嫩可口

千秋的海鲜却是如此不堪入味

就像那昏黄的海岸

完全经不起审美

我对千秋最美好的记忆

是和你一起去河心扳罾

那种被网在水中的感觉真好

那张网，带着我们不多的余生

欢喜地反复穿越童贞

2017 年 8 月　北京

火焰不会熄灭

很多年过去
你依然忘不了那位姓范的老妇人
她现在长眠在贵州的山里

阿娇一定会穿过时光和杂草去安慰她
为她清除坟头的鸟粪和蛇迹
她眼角的善念和最后的微笑
一起定格在那个遥远的秋天的下午
那种火焰一般静默的力量
每次都会让阿娇更喜欢回味过去
也更愿意咀嚼那些凄凉的爱情

阿娇终究也会变成和她一样的老妇人
在贵州的山里皈依她的善念
在清明学着做一个古人

在远方和你一起折叠

那一段听起来有点伤感的往事

她一定在山顶上举起双臂

苦心地为阿娇遮蔽不祥的冷风

而火焰一定不会熄灭

2015 年春　北京

燃烧的玛丽娜

在纷乱的人流中
你一直试图去摧毁所有诗的幻境

既然不想洗净你笔下的那些汉语
就该尝试去清洗某种欲望，比如
一直在你肠胃里燃烧的那条小鱼
可是，在纷乱的世界表象里
就连一部旧电影，一首钢琴曲
都不能让你的灵魂安静下来

激情确实是可以用来挥霍的
它也会想象着你的样子，轻易地选择遗忘
让你模糊的身影在某个断崖边消失
让我的记忆变得苍白无力

就像那些没有被你清洗干净的汉语

我们不能称其为好的汉语

同样，对于没有记忆力的生命

我们也永远无法给它命名

2013 年 7 月　北京

远东不相信眼泪

远东的女人惯于在雪地清洗伤口
留下来的爱，向死而生
小心翼翼地把这些埋进伤心的往事
红色的暗物质瞬间被厚厚的积雪尘封

这就是远东不变的爱情模式
爱与不爱都天经地义
就像河水汤汤而流

没有人在暗夜中忏悔自己的过往
因为过往在远东不值得一提
日子琐碎得就像一辆开往春天的慢车
有人花大把的时间来挥霍过期的欲望
有人在物质泛滥的花园里
安详地等着去死

没有人要求你为模糊的爱与不爱道歉

甚至因此而形成的孽债

转眼就在远东的炊烟中

被解构成一段靠不住的流言

时光飞逝

远东的人们都懒得再去追究

曾经的雪地上

是否真的存在过伤心的眼泪

2016 年 4 月　长春

我为什么会想起郭力家

我为什么会想起郭力家

因为他先于波德莱尔

在我幼小的心灵里开成了一朵恶之花

因为他先于戈尔丁

把自己打造成中国局部地区的蝇王

最恶劣的是

他用奥斯卡·王尔德那本《道林·格雷的画像》

让我在他虚构的陷阱里不能自拔

他像小说里的公爵一样阴毒

让我像道林·格雷一样，在倒影中自恋

还让我和他一起，组建一个诗歌流派

搞什么"准现实主义"

这一点，就连作家述评都看不下去

他是王尔德笔下那位艺术家最好的翻版

我为什么会想起郭力家

因为他反对所有校园诗人的爱情

因为年轻人逐渐发现他居心不良

他想拆散天下所有的有情人

他在郭公馆以远东男子自居，侃侃而谈

但他确实参加过著名的青春诗会

干翻过很多牛逼哄哄的国内诗人

他想用一头犀利的长发骗走诗社所有的女孩子

最后我发现，一旦你挡住了他这三板斧

他也会羞愧得掩面落荒而逃

郭力家也有走麦城的时候

他骑车带我去文学院泡妞

让我以学徒的身份帮他找人

自己却躲在一棵伪满洲国的大树后面张望

未遂之后还会请我去他家吃饺子

终于让我看清真相，他也并非万能之人

郭力家去了一趟北京出差，回来之后

他一脸惆怅地对我说

全国的高人就那么几个
兄弟啊，北平真的没人

就因为郭力家这句话
我才决定长大了要去北平

1990 年夏　长春

既生伟，何生伐
——致李亚伟

当各个食堂的炊哥都开始朗读《中文系》
当水利不再是农业的命脉
而麦子，依然普遍在倒向共产主义一边
你腰间挂满酒壶和诗篇
像跟在老大后面的老二，像一头精壮的豪猪
在各省的水面上广泛地撒网
剑侠一样飘忽，腾挪

听说这个夏天你在新疆蒙难
和老兄弟们一起，蒙在鼓里自学英语
而我独坐在远东的艳阳下
一遍又一遍地抚摸你的莽汉诗歌
我有些后悔生错了年代
也没有选择去学数学
但绝不想走回你的老路，因为

你就是人类的一个阴谋
一个不能言说的汉语陷阱

我只能在远东的艳阳下喃喃自语
既生伟，何生伐？

一直着迷于你的家乡
古老川东的魔幻之都——酉阳
酉，多么晶莹剔透的一个汉字
左边洒三点水，你就成了酒神杜康
头上添两根野鸡毛
你就是李白的同案犯
在乡俗和民风中虚构成诗歌的主席
醉生梦死
在声色犬马中自由地称王

我也想去酉阳
踩着诗歌的水面饮酒
趁着夜色和姑娘约会
但去之前放弃写诗

因为，在诗歌的水面上
有三两个体面的莽汉就足够了

在没有成为李亚伟之前
只能对着一堆空酒瓶痛骂
既生伟，何生伐？

1990 年夏　长春

梦中的青铜

父亲那一辈人都喜欢以民国纪年
民国十三年九月初三
我总是对这个日子耿耿于怀
那是因为白居易的一句唐诗
让我从小就对此刻骨铭心
"可怜九月初三夜
露似真珠月似弓"

父亲的父亲是戴着水晶眼镜的清末秀才
一位迂腐的乡间私塾先生
私塾先生至今依然像自己的瓜皮帽一样神秘
生逢乱世，喜欢豪赌
只教有钱人家的孩子
而且，拒绝让自己的七个子女念书
这个藏在他那八字须里面，谜一样的天问
加重了我对旧社会莫名其妙的疑惑

也可以称之为仇恨

父亲八岁开始沿着举水河乞讨
在绵延的战乱中虚度光阴
1948年，父亲的民国走向尾声
国军困兽犹斗，急需招募新兵
土豪劣绅盯上他二哥兜里的银子
因为洋铁匠出身的二哥攒钱准备结婚
他毅然扔掉肩上的一捆柴火，豪气干云
他希望慷慨赴死，代兄从军
他的善举让劣绅敛财计划受挫
让兄长怀揣着负罪感
收获了一个不够完美的婚姻

战场在他嘴里充满娱乐色彩
隔着山东的一片庄稼地
刘邓大军的喇叭天天在攻心：
"国军兄弟，赶快投诚
分田分地，打倒土豪劣绅！"

人心浮动，四面楚歌

他和老乡开始筹划如何成为逃兵
新兵蛋子们在夜色中突然反水
理所当然
他们在奔命的逃亡中遭长官枪击

父亲从死人堆里捡回一条性命
乔装改扮之后，重操旧业
他以长征的方式，乞讨着一路向南
当他从山东走回大别山
那一身铁骨之外，满目疮痍
他的母亲在九月初三的月光下，痛哭失声

民国寿终正寝，一切百废待兴
由于身怀一门会开枪的手艺
父亲被新社会的精英们挑选出来
当作一个正牌的公家人
去镇压那些负隅顽抗的反革命

公安局的革命生涯风光而短暂
父亲后来被一位民国思维的姑妈吓破了胆
她忧心忡忡地警告他不要成天杀人

万一将来国军反攻大陆怎么办？

父亲遭遇当头棒喝
姑妈把他变成一名朴素的唯心主义者
让他在善与恶、因果与报应之间徘徊
并再次以逃兵的方式
黯然退出一场风生水起的革命

父亲万万没想到，国军就像难收的覆水
再也没有杀回解放区
假如民国欺骗了你
不要退缩，也不要怀疑人生
你得继续努力，去做一个像样的公家人

几年以后
历史的机遇再次降临
父亲加入了三线工程的建设大军
一个开天辟地的新时代
革命者逢山开路，逢水架桥
栖身这样急剧变动的大时代
转正成为一名国家干部

是他孜孜以求的小目标
一切看起来都是那么完美
父亲如愿以偿地鹤立鸡群，当上队长

命运再次开了一个大大的玩笑
因一突发事件
父亲前功尽弃
无奈地将胜利果实拱手相让

最后，父亲彻底回到辽阔的乡间
举水河注定了他宿命的起点和终点
就像三千年前，孙子和伍子胥
在这条河边击败傲骄的楚国军队
就像他的泡影被各个击破
水稻和棉花成为他最忠实的仆人
他在河边娶妻生子，收成堆满粮仓

万般皆下品，唯有读书高
父亲从他父亲那里捡回这个陈旧的刺客信条
并最终有点荒诞地目送着我
如他所愿

成为一个体面的公家人

如今，父亲和我阴阳两隔
他历经磨难却略显荒诞的肉身
长久地闪耀着青铜的光泽
偶尔路过
我纷繁芜杂的梦境

　　　　　　　　　　1993 年夏　湖北

姐姐的安魂曲

英年早逝的姐姐，没有一个女人能像你那样
让我流过如此之多的眼泪
我并不是你想象中的脆弱之人
但我依然记得那首旧摇滚的嘶吼
"哦，姐姐，我要回家——"
家是老的好，而且我们的，并非那样不堪

是否还记得那次儿时的火灾
寒冬无处藏身的我，被安置进你们的闺房
你和二姐，四条光滑柔软的腿，在暗夜中
交替温暖我的童年
我对所谓寒冷，第一次有了切肤之痛

我们一起在你远嫁的村庄劳作
在秋天的艳阳下割谷、腌制美味的咸菜

你性格温和，没有敌人
以至于当你进入城市之后
那些朴实的山地人，蜂鸟一样如影随形
你总是为他们端出可口的饭菜，一视同仁
温和地和他们说话，调解乡间的各种纷争
我从这些山地人无拘无束的粗大嗓门里
读懂了你无边的善，沉默的德
如风的微笑，以及无法描述的仁慈

姐姐，我从未见过你流眼泪
而每一次只要我想起你，就忍不住
想在你的坟前失声痛哭
我还会想起韩愈的那篇《祭十二郎文》
并且屡次暗自发誓
一定要为你写下更惊艳的碑文
可惜现在不是唐朝
我一远离故土就陷入鸟笼式的家庭，琐事
毫无意义的喧嚣，庸俗而虚妄的各种饭局
尽管我从你的坟前带走了一包黄土
尽管我搬过几次家

都会把它安放在离我最近的书架

但事实上，我早已远离了书香

那远离家乡的泥土

其实也远离了最初的芬芳

但我永远记住了那个村庄的名字

你夫家的村子，你播撒善的村子

那些面色黧黑的汉子

赶在天黑以前从城市迎回你的灵柩

他们知道你的灵魂怕冷

他们在悲痛中还能想起你遥远的微笑和絮语

以及你为他们奉献的厨艺

这些细节都在他们记忆里变得神圣起来

他们木讷地跪倒在寒冬的炊烟下

一些人趴在地上高声抽泣

并且要求我这个当年的读书人发言

我不能让你的村子失望

虽然我内心奔流的泪水比他们更加痛彻

我还是哽咽着说出两句话：

请大家记住我姐姐带给你们的爱

也希望你们，把这种爱带给你身边的人

整个村庄都在纵情地号哭

十年以后，我在城里遇到你夫家村子里的人

他们居然还有人记得这两句

2015 年冬末　北京

我们在长春相遇
——致 L

修长挺拔的身躯，智慧的前额略显沧桑

轻度的口吃被你急切的语速所淹没

那是我熟悉的割麦子一样的语速和节奏

兄长，这是 1993 年春天的子夜

在略显寒酸的郭公馆

这样的相遇来得有些猝不及防

某人在黑暗中唰唰记录下你含混的思绪

某人，确切地说是公馆的主人，诗人郭力家

他一直躲在角落窃笑

让某人全面心酸

其实，在四年前另一个春天的夜晚

在长春，我遇到一个叫严杰的行吟诗人

他来自海南，披肩长发，比海子更狂放

但他的内心比海子更虚弱

尽管他至今都毫无音信

但他就像春天的燕子

第一次衔着和你有关的泥土

在长春的小酒馆里和我谈诗，讨价还价

于是我从他手里夺下这片泥土

于是，我开始在炉火旁翻阅着审美

在空无一人的星光下，感受一个人的自由

口吃者的语言如行云流水

足以惊醒我的过往，惊醒我的余生

1993年春天，我们一起离开郭公馆

那时候的城市还没有出租车

空旷的七舍广场只有两个人

除了自行车行走的声音，你结巴的只言片语

连星光都选择了沉默

那是一辆老式的28自行车

和你高大挺拔的身躯非常吻合

我原本是准备步行五公里

走回红旗街的单身宿舍

你居然磕巴地爆出了一句简洁实用的粗口

操，我驮你一段吧

那应该是最值得纪念的两公里

从明德路到桂林路

我安静地坐在自行车的后座上

如此切近地仰望你笔挺的脊梁，适合审美的脊梁

当那辆老式自行车在明德路的缓坡上飞驰

那种春天的失重感，让我收获了片刻的自由

我们在自由大路平静地分手

一个往东，一个向南

那一夜，我是穿过诗意和美学回到单身宿舍的

静谧的星空下

我忽然想起一句很老的诗

"春天的夜晚你一定要想着我——"

自你离开以后，从此就丢了温柔

这是一首歌的经典开场白

我们的相遇就这样定格在长春

消失在自由大路那个不起眼的瞬间

从此我们天各一方

你开始活在众人的传说中

甚至活成一把气定神闲的椅子，落满灰尘

然后以一个仁者的方式

在大海上和所有的朋友告别

仁者无敌啊

今夜，当春天再一次降临

我如沐春风

我的灵魂也变得如此轻盈生动

充满美感

春天的夜晚我一定会想着你

2018 年春　北京

不要看我这张纸糊的黄脸

不要看我这张纸糊的黄脸
它并不适合于天气和疾病
甚至那些我们背后正在死去的光亮
它将终生地破坏和折磨
一支冷火焰
正是这些纸张和词句
温和地巡视我空荡荡的后半生

我身披怯光的长发
静观今天逐渐老去的风水
这样一头怯光的长发
对于黄昏的旁观和思念
使它们四面树敌
甚至成为黄昏的敌人
成为我和敌人攻击的路线

知了苦闷了一颗又一颗的夏天
它走下脸型败落的树枝
大声宣布，要重新做人

是那些世外的高人
才发明了娱乐和游戏
今天
高人之间互相平等

我不是高人
我平凡地现世
生逢这样伤心的年代
我无法面对身怀绝技的对手
和一场相持于古代的战争
我毫无把握地投入兵力
不露声色地拒绝粗鲁和杀伤

众兄弟在忠义厅前公开表态
用打家劫舍得来的银两
替我行道
而人去楼空的结局

使本来就很空洞的阁楼更为抽象
憔悴得没有一点诗意

废除婚约之后
想做伟人的心情
不免辽阔起来

所以你必须去学习考古
甚至回到清朝和唐代
仿造月亮天天升起的姿态
夜间操练和总结人间的爱情

当我长成一个大而透明的男人
一卷这样的长发
便是一张长弓
一架竖琴
一双操刀而成为屠伯的手
反复温暖出
一批多年的往事

1990 年 9 月　长春

105

夏天赎罪的态度

谁能为你避开无比幸福的苦难
人子啊
请放慢你智者缓行的头颅
是什么样的欲望
环绕着你和域外的果实
构筑你夜间枯瘦如柴的阴影

我的爱人
初夏的这一天
美女在大街上畅通无阻
日常生活像月亮一样照常升起
我的手掌伸入人群，深入呼吸之声
倾听季节的花色
在剑刃下梦游
反复破碎和翻动着阳光

不祥的光芒

在鸟声的过滤下

进入我的胸怀

你想知道什么叫作胸部吗

就是在喉管三寸之下，协助你哭与笑

就是那种使我们成为球体的东西

一个不成功的胸部

在夏天自动解散爱情

使我在日出和日落之间

没有取得实质性进展

终日绕过空心的玻璃瓶子

不速之客，像落果一样纷纷登门

你只好浮于白纸样的脸色

和万有引力之外

埋头于栽种和嫁接

金色的时光之树

读书，散步

在窗下聊天

在这一天

都成为一种阴谋的表达方式

加深着不朽的灾难和大祸临头

忙音
虚设的伤口，硝烟如你

在夏天赎罪就可以远离各种纷争
这突然让我想起伊曼努尔·康德
一个把自己活成时钟秒表的中年男人
一个终日面色憔悴的鳏夫
就这样活生生地
辜负了窗外蠢蠢欲动的夏天

多年以后
我想很体面地对你说
孤独而又精确的黄昏守望者啊
让我们相互永远陌生

1990 年 5 月　长春

站在雨中，试图感动一些人

我撑开我
雨就断裂了全部臆想之外的阳光
怀揣简单等待淋雨的心情
我空手站在雨中做实验

风带着雨向西
我远远地向东出现
风的穿透力真强
世界竟薄如被击穿肋骨的命运

翻动一下手掌
雨就像一片成熟的玉米地
覆盖整个城市茫茫而疲倦的眼神
把杂色的天空
沦陷在街道的尽头

城市也有年轻的时候
就像我现在无知地涉水，记忆和睡眠
乘坐的黑伞发散出有益的气息
使我的影子和脚印分外博大

现在，我和雨同样年轻
我们一起散落在人群之上
像一条逐步淹死的鱼

然而，是谁在水之上
为我代替天空看管
那些早已熟悉的下午
和一些风一样沉重的怪东西

我湿淋淋地进入屋檐下
设想有大雨将至的心情
使我再次激动不已

1990 年夏　长春

花的十四行诗：梅

阿梅，只有真正的诗人

才懂得你珍藏一生的雪地

只有我沉默的舞蹈和提琴

才能在你虚弱的双肩

悄然孑立

从雪地运走漫长而寒冷的冬天

你牢不可破的十指

和你的芬芳一样，在我的前世蔓延

比林海的呼吸更接近真实

比雪野更接近透明

在那些被照亮的漆黑年代

播撒给我，人世间唯一的温暖

阿梅，用你玻璃的心

来收集我灵魂的碎片

1991 年 10 月 5 日　远东

花的十四行诗：兰

是浣纱的少女梦里挑灯

我才从你动人的溪流上

获取第一枚春天的唇印

是南方那群峰耸立的山峦

让我采摘你折腰的妩媚

装饰好短暂而幸福的一生

当踏青的歌者，使目光变得锋利

三月就会越过水面

席卷苦恋中久别的爱人

就像，在窗前开放的第一滴露水

弥漫我满室书卷的幽香

开败往年流连的步步风尘

阿兰，我在千里之外

应和你的绰约，你的婀娜

1991 年 10 月 5 日　远东

花的十四行诗：竹

能安慰好一缕久病的阳光

却无从安慰一株竹

一滴瘦削的泪水

泪光中晶莹的爱人，今夜

我为你密布

遍地的拔节之声

夏夜已经远离笔尖

往事只能用回声唤醒

河水一样灵动的竹啊

那些临水而居的日子

是你夜夜站在远方

触摸七月炙烤中，我默默的守望

固守一生的竹

我愿为你，彻夜空心

1991 年 9 月　长春

花的十四行诗：菊

菊仰卧在秋天巨大的原野

像我爱过一生的女人

裸露出黄金般纯正的身躯

和粉嫩微笑中迷人的波折

月夜西行的诗人

打马踏过一路风声

在他醉卧花丛的夜晚

一束束远古凋零的传说

击中菊花的头颅

在渐渐消失的马蹄深处

抚平今夜深秋的游子

一颗远足无眠的心

经风不败的菊啊

让我在怀念的火焰中再生

1991 年 10 月 5 日　远东

一个人独自走向夜的深处

这是音乐和爱情的夜晚

你留下的音符，经过抚摸和倾听

散发出水果样的光芒

信手翻动书籍和整个下午

寒气就从页码中钻出

使这些熟悉的音乐

在怀抱中形成记忆

以梦的方式

缠绕被我照看得很好的村庄

不会再有过路人

月光样漫过窗口

一个人的夜晚教我懂得

只有一把钥匙

才能面向你幽深的大门守望

我才能经历我自己的方向
网下白日散落满地的影子
只要伸出手触摸一下
我就会在空旷的星光下
热泪盈眶

远离这些相依为命的音乐
我将无以为生
风琴远去，乐师远去
潮湿的灵魂温软地安顿下来
围在古旧的天空下发芽

你会在某个清静的早晨
沿着街道的白栅栏，抵达
被我改变了的草地
被女人成片刈倒和误伤的草地

我保持呼吸和默坐的姿势
一个空洞的微笑就会逗留在半空
在深夜

只要有人用琴声解释夜色和月光

我就会独坐于时间的出口

紧紧搂住这些音乐

1991 年春　远东

雪墙

透过夏天，一只手独自远游的夏天
我试图用它 努力回忆和张望
一次雨季死亡的全部过程
用它熄灭
诗歌树枝上坚硬的雪光

一只在夏天远游的手
我的手
深入黄昏之中
随手碰落成群的黄昏少女

当她们的微笑水妖般清凉
我用它
倾听和覆盖
目击她们无比鲜利的武器

就这样，从雪地上运走北方

那些在雨中建筑的事物
固守黑暗中最后一面孤独的玻璃
路灯，以及白色的女人
共同舞蹈于辞章的入口
促使我
彻夜地独步于黄昏之外

何日，我才能看清杯底的指纹
让一双久病失血的手
在一天之内
缓缓折断阳光

1991 年 4 月　长春

我打开白屋的门

我打开白屋的门
就像古代年轻的卫士
在星光下，打开东面的城门
城的外面是遍地的黑雪
白屋外面是遍地的黑雪

我看见，我触摸
我无比愉悦地感受
这些白屋外围的暗物质

我以赤裸脚尖的深度
踢打着无数的雪块上路
直到她们玄色的外衣
逐步剥落
直到她们

纯洁的胴体开始变得透明

照亮且温暖

我体内所有的血

谁此刻回头

谁就永远不会厌倦生命

谁此刻厌倦了生命

谁就永远不会低头

在赤裸脚尖的前面

是行走而初生的雪

在她们的后面

是我久居多年的那座白房子

而此刻

她们一直被围困于

黑色的核心

1991 年 3 月 12 日　长春

往事街

在冬天最黑暗的深处
在貂虫出没的夜晚
我打开血管样的纸窗
猛听到　遍地的铲雪的声音

面对金属发出如此庞大的声响
满屋的雪
在星光下抵达我的咽喉
湿润我疼痛而铁质的笔尖

我的灵魂如此痛楚地感受到
收养每一粒逃亡的雪
就是收养　我们整个人类

越积越厚的雪

穿透我冰凉的视力
只在一夜之间
就悄然成为往事
使我在整个冬天
一直困顿于某种疾病

而在遥远的南方
在严寒中战栗的南方
我邂逅了一位姓黄的父兄
他在暗夜中送给我遥远的微笑
略带羞涩的他
通过寒冷而潮湿的金属笔尖，对我说
自从有了雪
我们就和外面的世界有了和谐

收留的雪太多
我就会安详地关闭空心的纸窗
在拥挤的小屋中安然入睡

当另一些求生的雪破门而入

它一定能窒息一切生命

而小屋里的人

谁也无力逃避

1991 年 3 月 12 日　长春

归途

北方的白
等待一种声音从远方降临

尘土一样的人群，忘却尘土
进入异乡的脚底和视野
黑色行走在雪地上的人
怀想着石块和尘沙
肖像和影子
以及阳光下虚弱的肢体

厌倦了果实和水的爱人
果真能挽留窗外解冻的河流？

在弯腰的无名小站
我再次将目光投向古老的农事

沉默的朋友啊

可曾看见我失落的黄金和雪水

在弯腰的无名小站

让美在白皮铁屋下洞察秋毫

1991 年 3 月　长春

七点钟的太阳

每天早上，一切准备就绪

我就在你的诗意正面停下

按照你的意图

整个冬天，我照常无事可干

七点十五分，国际新闻增强食欲

海湾地区发生了一次战争

战争延长了我的早餐

靠生病过去的这整个冬天

总有一些声音从我脸上脱落

早晨八九点钟

我又开始生病

因为没有成为善飞的太阳

我只好掩面朝着故乡的方向

失声痛哭

1991 年 3 月 12 日　长春

楚人：献给我长驻的东方（组诗）

湘君

果真看见和懂得了触摸吗　男人？
果真使我的泣颂
越过了弓箭和琴声的桌面吗
水——底——的——男——人——

那些群盲的哑女面向东方
温顺地听从你的脚步和掌声
为你分开和遮蔽一把巨伞
以及庞大的雨脚

忘记自己本来面目的水
虚弱不堪的水
不可改变的水
使你永远无力模仿
甚至无法阻止

秋天叶落的速度和方向

那端坐于水上的男人

独步的男人

怀念自身的男人

在城市的灯光下接受抚摸

在海妖弥漫的夜晚，长跪不醒

眸中的箫声四起

成群的楚国歌女扭着传说中的细腰

雨丝一样

飘过你粗糙而锋利的童年

那梦中巡视南方的女子

夜半起妆的女子

水竹一样空心的女子

守候在你泛滥成灾的家门

终日典当那些

我们称之为往事的道具

那丧失了家园和爱情的男人

临风举袂的男人

枯坐入眠的男人

告诉我

是哪一只永劫回归的时间之鸟

击碎了半空中金黄的号角

使你的国土开始塌陷和流失

你华丽的水府

破碎为满地纯洁的瓷器

像一群传颂到古代的吊客

进入你

无路通达的故乡和安息地

湘夫人

温和些
让劫难降临在你黑暗的毛发之上
在肉眼所不能及的地方
回声寂灭的地方
尽可能去选择一棵
逆水而居的 空心之树
而且思索它会成为一间居室
收殓下许多陌生而古怪的名字
在目光战栗下
永久地自溺，身亡

那些绝色的东方女子
简陋的女子
束腰罐一样纤细的女子
端坐于午后宽大的掌心

你这声音的头领和王者
被盛满阳光的铜爵
吸得一干二净

我们这些宿命的人子
因而结成诗社
一同沦陷入琴瑟如雨的峡谷酒店

我那些不幸的爱人
四散的爱人
鸟兽一样的爱人
以你七月之舟
载满被我误伤的季节
珍藏在向晚绵延的伞盖下
促使你去坚信
那些冰冷的文字
男性目光一样廉价的文字
悲痛地爬满
你荒芜已久的红唇

现在

我陷入明媚而又鲜亮的水边
和一些作物一样
受到深耕和晾晒

现在
我种下的肢骨和肤色
长势良好
遍尝过百草的神农氏
一直盘踞于我肥硕的树顶
广泛地爱和堕落
而我却无从选择一株树
一栋进入河心的房舍
一丝点燃裙裾的篝火

甚至
我都不能踏入那些空白的脚印
使每一位过路的东方男子
在抚摸你广袤的掌心时
踏响你的一生

远游

一个偶像，一棵树，一把剑
或者一种如同水的时间
转眼就温柔了脚下多神的土地

农业子弟手握着河流
如同操持一条贫困的蛇
木质的曲线遥远而空洞
降生于黑暗入口处的钟点
使我们在圣洁的夜色下行走
在七月
和农事一样无比灿烂

没有战争的年代
我们依靠和谐的钟点敲打神殿
古代的脚印

四季的神

在中国的山川河流间穿过

它们唤醒了飞鸟甜蜜的本性

以及我们

对人类童年的轻轻思念

冬日，我们退避乡间

农业子弟工忠实地守望在夏夜尽头

这些美妙而虔诚的善者

儿童般窃笑地立在夏天

等候诗人成群结队地归来

这些香甜的粮食

带着有益的气息停在那里

在你的目光之上

在接近黄昏的水之北

重复着树根下

终生供养我们睡眠的遍地金黄

以及泥土

夜以继日的歌唱

众多的神平静呼吸

自给自足

在它之外布满了虚无的距离

人与水的距离

空气与幻影的距离

声音和太阳的距离

在我们体内终身侵占

母亲走向陆地便不再受孕

忧郁的少年

纷纷缠绕海藻一样的时光之水

祈诵之声折断世纪末的黄金水域

就像牛群向往牧地随风漂流

独居在家园之外

我们注定是一群不能远游的人

天问

告诉我

这富足之舟

这些穿越伤口之城

这摇晃的光芒

这漂泊于荒野的渔色尸衣

将驶向哪一片祈诵之地

清凛凛地翘立于伤口之城

傍一滩岸边凄美的江水

千年不语的汨罗渡口

木未成舟

这些洁白的骨头是否会存活下去

裸身为欢跳如鱼的城垛

那些为君为王的兄弟

在握于空寂之掌心

枯槁成一段破碎的灰尘

噼啪作响

纤尘迎风生长成为颗粒

奔走于极乐而受杖的山川

那是我临窗隐痛的千年字墨

木的灵魂

被锯裂为二

一半隐身于，造字者仓颉清迈的嗓音

一半化为滔滔江水

歌声因浊浪的沮丧而死去

大把大把地抛撒疼痛如黄金的诗章

从容地等待

水木合围的死亡

水是一种深刻的死

木，也是

告诉我

有无一种死

悬于水木之间？

山鬼

父亲旧时所有的情人　那些
峡谷和山地的主们
纷纷下山
在无量的山河间执掌万物

母亲猩红的身体长出稻草
我深居其中
海风一样进进出出
苦难正以某种不可改变的方式
逐步失传

是谁在山外辽阔的天空下
像鱼一样静居于没有指望的水边
无味的天风
沾满织物的香气

他的躯体

岩石一般不容侵犯

此刻，我做夜鹰

饮血，繁殖，做梦

在山之阿

远客肩负水罐

涉梦之时

他的足迹倾泻于鸟声淹没的霞光

他体内的乐章

飘扬如旌旗的乐章

在泥瓦样的伤痕下歌唱

上路之前

完美的火焰

坚固而又忠诚

山阿在柔韧的空气之中掩合

安详的死，睡梦如初的死

血液，饱含着天庭无边的隐痛

隐痛之外
布满了太阳的童年
分泌出一段燃烧的灵魂孤旅
化作南风升起
在山之阳

静止的美，真实的时间，皱褶的波纹
一同进入陌路
在我头顶放纵着笑声
就像一株溺水的庄稼
裸呈着胸怀
完成一切从火到火的仪式和问答

黎明，满室幽香
我满怀喜乐，打扫房屋

蛙声在号角的召唤下
深入兰草的中心
在古旧的伤痕之外
甚至在自身之外

模仿痴迷的歌者

六合的美女
在黎明时分一齐向我升起
在山之阳
在山之阿

哀郢

自嘲的季节劫走四月的蔷薇
顷刻之间
叶脉便嵌入不被点燃的火须
弃我于婀娜的光影中
作占星之术
弃我于惶然的退却中
先人在敲碎的颅顶雕刻韧性
作为我下个世纪的编年史

月影婆娑
先人顺发际凝视
我裸呈的肢体
梦境留我为看客
不再是被命运俘虏的原生物吗
不再是践巨人脚印受孕而卵化的人子吗

热望逼我于泥土中蠕动

以肥硕的躯壳

撬开异国的忧伤

昭示我

图腾绝灭之长轨

而这黑色的瓦纹

这冷冻了时空的瓦纹

被一万只泪眼所豢养

肋生双翅

反复地在我心里铺叠古老的铭文

在这弹丸之地

长久地俯瞰我的尊严

故园的音符涂上静谧的冷色调

骑射我镜中的倒影

五月的龙舟倾覆

激怒无数发霉的粽子

我之祖

我只好在北风中吊挂长明灯

融入磐石最后的龟裂

我只好揖跪于长阶之下

不朽的风声

在静默地为我移植神秘黑纱

明天

我为祖

1989 年 3 月—1990 年春　长春

早殇期　时间，也就是死亡
——艾伦·塔特

西山之月
锥我自喉管至脚缝
割阴阳为经纬
织我如银梭

只好用早殇的欲望来做殉葬品了
只好撵跑荒野的云雀来净化亡灵了

云雀以喙啄食
食我流血之源
只要山风依旧在远古做梦
只要那些爬满原生植物的古树
依然能帮我拉平时光的皱褶
逝者如斯

无法估量的虚无

在我面前撑开巨掌

怅然独步于史书的夹缝

抑或只有关于虚无的记忆

才能将你我

界定于祭坛的墓道之间

留我在拥塞伤痕的甬道里

蹒跚着，穿插天穹之路

月华如水

将那天国的低吟

布置成我今夜参差斑驳的呓语

想弥留尘土吗？

在细雨中呼喊何益？

异生物早已从驱壳中伸出手来

发出一种迷人的波长

重复眼下这些多得发霉的时空

1989 年 4 月 1 日　远东

黄金牧地

当我向江心的孤岛

发出最后一份邀请

柏树垒成的背影

在旷古的夜色里　踽踽独行

那些在忧郁中被牺牲掉的日子

被做成肉感很强的鱼饵

引我上钩

然而，欲望早已炭化

我只能选择訇然倒地

其实

黄金牧地的讣告

只是一堵长满络腮胡子的墓志铭

深不可测地正告诉着

每一位走过来的朝圣者

前方，没有驿站

其实，滑铁卢的利剑

也在最后一声钝响中

挑断了帝王虚设的硝烟

帝王撒下几粒谎言的种子

这世界

便永久性地背叛了童贞

快二十岁了

象牙之塔圆了又尖

尖了又圆

我的诗情

变得像那些溺水者一样旷古

我托一柄方天画戟

钩杀眼下这些荒芜而无用的岁月

我从伤口流血的孔穴中

掬一捧幽蓝的篝火

浇湿窗前那些

没有任何含义的紫丁香

当绛紫色的教鞭

呵斥着跟我一起蹒跚为伍的未来

我只顾安静地埋下头

像一头开始学会反刍的嫩牛

一味地偷吃

那些幽深的禁果

而所谓时光对我来说

总是一块任人宰割的殖民地

我和他签订一磅肉一磅肉的出售条约

周而复始

捡到一首惶惑的挽歌之后

我总是试图去寻找

让一个女人心仪的故乡

然后和她一起在夕阳中

死了，又死

1989 年春　远东

北中国或堕落的冬季

可曾忆起那一如既往的冬天？
可曾恪守那流星陨落的辉煌？

圣诞之火在雪域中播撒冷火焰
听白雪掩埋我的沉思
原欲像断线的风筝一样
踏沙跛行
践山野为尘埃

而记忆沦陷的日神啊
为这浑圆的山丘覆盖上一层乡愁
远游的歌者仰天号哭
如同宋朝那些被掳至此的后宫
绝望地垂泪
翘望狼烟

和我一起来肢解这廉价的风景

我走进屠场

忍受着煎熬

以及冰川纪的车裂

在这遭劫的年龄

质问那些崇尚暴力的匪徒

生存的大小与形状

圆形的死亡悬于半空

如同危岩

依旧季节性地自焚

如同狗拉雪橇

被一根仙草撩拨

一扇暗窗关闭已久

那里收藏着我们所有流浪的疲惫

此时

倘若风车旋过屋顶

沿着这些潜入天堂的野火

燃烧出最高贵的黑色

烧制成一尊金色的陶瓷

炫耀于国门

在北中国的那些冬天

我们经常无事可干

劈柴和喂马的人都去了南方

而我们冬季富足的欲望和想象

往往大都寂灭于等待

就像，一位半推半就的绝色女子

做温柔状地　死命挣扎

1989 年 2 月 23 日　远东风雪夜

在 245 次列车上哭殷墟安阳

蓦然之间，车到安阳

冥想中

一个盗火的暴君在夕阳下

无羁地鞭笞

那些为奴的男人和女人

古铜色的黄昏

吮吸了太多冤魂飘荡的猩红血液

让我骚动的原始思维变得漆黑

它随着列车撞击的节奏

斩断一大块一大块浅灰色的阴暗岁月

如同幽谷中惊骇尖叫的震撼

时断时休

想在安宁中膜拜这曾飘失的古都

那些叫卖的商贩漫过月台

这令人错愕的喧哗

让历史的记忆变得更加苍白

甲骨文一样的眼神，黑压压地低垂着

在夕阳下，拉长安阳的背影

同样的古铜色

碾轧着另一群男人女人

粗重如山的呼吸

传说，他们都不是商王的遗民

1988 年秋天

我第一次如此认真地看着古城安阳

回想着四散逃去的商纣王的子民

据说有人去了南方成为客家人

有人去了朝鲜

甚至更远的远东阿拉斯加

瞬间的阴暗裏挟商王曾经的荣耀

寂灭于亘古的历史深渊

空留下哲人们绵延不绝的喟叹

只有这火车的浅笑

才给我暗示出两个风中的古字——文明

                                1988 年秋　远东

十九岁的情诗

曾经如困兽

泅游于黄昏和落日之间

夜雨在睡眠的忧郁中肆虐

闪电像蛇蝎一样

划开我血管积攒已久的呻吟

不能像金斯堡那样嚎叫

也不忍对去年夏天的广场爱情回眸

我只好像困兽一样发出野性的嘶哑

仓皇逃遁

除了你漠然远去的帆影

我这样孤独漂泊的远游者

圣徒一样虔诚的食梦者

究竟还能攥紧一些什么

多年以后

你的航标会不会在搁浅的震颤中

忆起　那千年流水被劫的日子

我苦涩地撕咬着去年夏天的往事

船桨杂沓地分批刺入我的咽喉

吞咽如十五的月色

就像某人以血肉淋漓的狼性

啃动飞翔的凡·高的耳朵

冰冷如磐石

时间久了

我也会陈尸于黎明的沙滩

久了

我也会流成一条男人的河

1988 年 12 月 9 日　长春

静物描写

一只失业的老鼠
打翻墙角的空酒瓶

谁的眼圈
在一轮暗夜的啜泣声中
自尽

一丝纤尘
在窗口分泌出的光束里
飘忽

有人独坐在轮椅上
看无塞的开水瓶口
冒烟

1989 年 1 月 1 日　长春

最冷的时候

最冷的时候
独自把我的诗歌撒向静谧的雪地
我和雪
四目默然相视
操着同一种语言
交流我们的忧伤

孤影是冰雪无言的絮语
铭刻下一时的闪失
转眼就消逝得无影无踪

总想一个人走进十字路口
等待黄昏时被蒙上眼睛
让肉身和影子一起遭受无情的锻打
心却一直向着太阳

我匍匐而行

聆听留在雪地的喘息

因宁静而永恒

还能祈求些什么呢

我皈依的乐土啊 我愿意

一万次为你涅槃

1988 年冬　远东雪地

寒夜呓语

子夜的烛光里
钻出一圈莫名其妙的嗤笑
一个幽灵
一个夜的拓荒者
跋涉于灯光漂白的四壁
一个想用火征服冰
用冰浇灭火的魔鬼
在纸上傲视王侯将相

做蝼蛄，做剑使
还是做个沽名钓誉的恶棍？
你想唤醒远去的
中世纪的西班牙骑士
东洋的浪人
蝼蛄和勇士

心与剑的格斗

可历史偏偏将它们轻轻地碾过
车辙斑斑

1988 年冬天　长春

那年的春梦

一个诡异温馨的梦
把玩着
第一次萍水相逢的邂逅
离合的神光构思天地间
有序无序的幻想

人们都说梦启迪灵感
你说梦不过是梦
梦中无梦的梦才是
梦的精华

总是回忆不清你的面庞
炽热地燃烧着心房的诱惑
而每次醒来

只留下无边的暗影

泪眼悬空

1988 年冬末　长春

夜店独饮的诗人

性感的高脚酒杯瞬间扒光我的外套
一个精瘦的诗人
在角落品味侍者浓厚的东北喉音
整个小店发出满足的呻吟
这一定是金钱在搞鬼

暴风雪中进来的男人先我一步
急不可耐地用牙咬开瓶盖
我高声尖锐地辩驳
再津津有味地欣赏侍者道歉的窘态
钱是我的，我有支配这种旁观的权利

一碗面，加一块上好的荷包蛋
本人坚称从不吃醋或者香菜
有雪地来的女人带门过重，发出巨大的声响

我煞有介事地斟满酒
隔着空气和远方频频举杯
独饮着整个小店

夜深了
这些人隔着天气和温度
默默地和我对视
一边焦虑地看表
直到我不停地佯装着翻菜单
侍者不耐烦地问是否还需要一杯香槟
我有点愠怒地低声回应说
难道连坐到关门的权利都没有？

我是趁着夜色来的
这些人也是
大家都搁着情绪来小店偷生
我用的是钱
小店支付给我一些零星的岁月

1989 年 4 月 11 日　长春

黄金瀑布

在三楼作诗，犹如做静脉注射
总是等待被动的侵入
我尽量不去想你那如烟的黑色瀑布
烟头静坐在冒烟的角落
锁住另外一些飘浮的幻想
只有如你一样的窗棂独语
才能让我忘却这些杂乱的风景
魂儿牵引，梦儿牵引
思念如苔藓一般
布满你终将要迎来的五月
亦如我在三楼
终将要放大瞳孔为你写诗

潮湿的目光在天空下漫游
只在与你平行的灰色马路尽头

我才能辨认出自己的影子

才能听到春天的骨缝，像上升的水竹一样

发出噼啪作响的拔节之声

这弥漫于三楼的复杂情绪

射向低眠的太阳之后，又遭反弹

回归你沉默不语的国土

岩石是瀑布流血的伤口

如这窗棂郁郁地闭合

摄一页心的底片

当作帘子遮挡你孱弱的光圈

水却不闻啜泣的水声

借一片落叶栖息

来裁剪不被淋湿的天空

或者三楼作诗人的灰色哲学情绪

并且，那些深沉的字符

早已接纳了一支流浪的秋笛

早已成为瀑布和星空的语言

冥冥然

有仙人指路

1989 年 4 月 20 日　长春

落枣之声

枣落地

望雨的日子开始上路

秋天，在最初和最后的潮声中被掩埋

伊走向河水

洗净她指缝间

发霉的鸟声

伊和枣声一样清澈

蜗居于，万年之外的自身水底

七月赶鸟

八月落枣

在秋水

伊负薪走出柴扉

推门的姿势

使枣落地

　　　　　　　　　　1988 年深秋　远东

秋客

天凉了
你远离村庄和房屋

枯败的高粱叶子
在更远的远方
羽化成千万条缟素
为一个人送行

乌鹊南飞
绕树的声音，风铃般鲜艳

这深哀的候鸟
将你孱弱而金黄的歌声
筑成巢，再掩埋
然后想想其他季节的事

欲念消瘦

化作平凡人家的女子

在阡陌间栖息

或立成古旧的风景

如这候鸟一般，候你

一切羽白而生动

异乡人

你为何要如此执着地驾上

同样消瘦如秋的马车？

在这远离村庄、房屋

和远方的旷野

寻觅颠簸已久的深秋

和那些枯败上

衰老的微笑

一定有什么是马车载不动的

不然

缄默的老马，不会金子般落泪

你不会在这丰盈的九月

咽下这些，伏在秸秆上的沉思

1989 年 9 月　山西忻州

冬天的另一种传说

时令已逼近暮冬
你守候在黑暗中陷入冥想
该有什么东西覆盖在冬天的背面了
你这样想
雪，就这样落了下来

当雪在天幕下密布之时
你无声地笑了
隔着厚重的双层玻璃
你那无声的笑，就好像
蒙上了一层灰尘和雾气
亦如玻璃之外厚重的阳光
灿烂而低垂

你在雪光返照的窗前伫立或沉思

沉思的姿势
使人联想到一幅上好的油画
画上躺着一位温暖而透明的少女

你就这样舟楫般停泊在窗前
努力地试图去怀想
隔壁那位满脸雀斑的少女
让她坐在古旧的留声机旁边
让她坐在停滞的时光里

在炉火照映下的舞曲里
会不会，留下她弦月般的阴影？

天很快就黑了下来
已经开始有人在白茫茫的雪地
悄然孑立
你幡然醒悟地抬起无名指
一枚过冬的戒指
正缓缓地在指尖滑动
宛若一只散淡的松鼠

在淡雅的墙壁间跌落
穿行

这长思
这无言
刀锋般地进入冬天的腹部

我听到你在雪地上
再次发出如此简洁的笑声
伏案的你
恍惚从指缝间闻到了
某种秘不可宣的神秘气息
仿佛所有的幸福与灾难
都集中于你这光明的指尖
才使得它如此白而脆弱

它的苍白，是这样的清晰
是如此有力地深入到你的内心

但是你从不相信

雪的透明和白到极致
只不过是一种美丽的幻象

于是，你开始坐在雪地里
给天下那些很多亲密的朋友写信
在那些奇特而漆黑的方块字里
再一次清楚地传出
隔壁满脸雀斑女孩那咔咔的笑声

你在给远方的信中再次写道
"自从有了雪，
我们人类开始和外面有了和谐——"

当你的手伸进冰凉的邮筒
你的十指，一下就连接了远方
从此，你和远方相连的
不再是一幅幅空洞的肖像

肃杀的北风在这一刻
冻结了苍穹

你在风中立得太久

这暗合内心的寒气

已经开始侵入每一个细微的毛孔

你依然像回首往事一样

凝望着那暗绿的邮筒，除了你

不会再有人还在这里默默守望了

然而

谁还能使这薄薄的信笺

染上她淡泊的体温

你沉浸于巨大的疑惑之中

心情畅快地开始猜想着

这些越冬的邮票

会不会突然在雪下的邮箱中冻结

你从雪地上直起身

有人目击到你深深的足印

带着某人旧时的体温

一串串，漫不经心地延伸到

那久居多年的白房子

你的内心原本想覆盖掉它们

一根折断的树枝，意外跌落眼前

你亦如盲目的夜鸟

惊悚地抬起头，在路边无声地张望

肩胛上的冬天

就像一个迷途的过客

让你在暗夜中寻找平安的居所

大地上的居所

因为你一直坚信

心外的树枝再也不会折断

所以你开始不安，开始给这个城市

每个角落的朋友挂电话

你急切地想询问他们

能不能透过玻璃的外表

洞察到远东今夜的大雪

而他们，会不会经由你的呼喊

在一场冬雪后重新苏醒

而你，会不会在这个艰涩的冬季
眼含热泪，意外地抵达梦中的家园

你深知，置身于冬天的核心
你已被邻家少女四溢的香气所围困
这弥漫尘嚣的气味
试图迫使你的灵魂出窍
并引导你的双唇，
低低地吟诵一位异邦诗人的诗句
"这折翼鸟，
假如他再忍受一次悲戚，
他将忍受一切风雪，一根落羽"

1992 年 11 月　长春

当我们这样说起月亮
——写给襁褓中的女儿徐月染

在这样盛夏的夜晚

我整夜都难以入眠

亲爱的月月，因为才出世两天的你

以及你饱经分娩之痛的母亲

一起被留在了那个离家不远

被称作复兴医院的小小产房之中

你终将在那里打开第一次呼吸

但愿永远飘散着药水气味的医院

但愿那众声啼哭的狭小空间

只是你短暂停靠的一个人生驿站

一次为了相见，而被延长的别离

但是，我从来就不喜欢那种

仪式化，而且毫无任何个性的生命空间

严格意义上说

我从来就不喜欢医院

我相信

这其中的基因密码也许就在于

你和我一样，来自同一个古老的姓氏

一个让你引以为自豪的古老姓氏：徐

此刻，在你遥远的故乡

在湖北省东北部的一个山间僻壤

你七十一岁的奶奶

正在用古老巫术一般的方言

和一种幸福的深宅私语

为你这样一个柔弱的生命，一个

和我有着同样血型的小天使祝福

她的勤劳和坚忍

常常使我想起马尔克斯在小说《百年孤独》里

所描述的那个老奶奶乌苏娜

一辈子都在和灰尘作战的乌苏娜

和她相反的是

你的奶奶一辈子都不愿意离开灰尘
家乡那片土地
就是她一生的毒药
她似乎永远只能在耕作中
才能找到真的快乐和活着的意义

大约在六百多年前
爷爷和奶奶的先祖
被一个叫作朱元璋的明朝皇帝
强行从富庶的南昌，迁到现在的家乡
皇帝用一个叫作洪武的年号来表达诗意
用一场大迁徙，来填补
大规模战乱遗留下的人口空白
和大地的满目疮痍
尽管是他倡导的战争导致了这一切
对帝王而言
掩盖一下历史的伤口，就像
往线装书上轻轻唾一口唾沫
而对于数不清的人民来说
迁徙就是一场毫无把握的旅行

据说，祖先都是被捆绑着押送到

现在的家乡的

时至今日

当地的先民后裔依然喜欢反剪着双手

在广袤的天地之间蹒跚踱步

在这个因传说而形成的历史细节里

是否包含了他们

对那次背井离乡无言的纪念？

还是他们对失去自由和尊严

所必须保持的一种谦卑？

抑或

是对皇权和淫威的一种深深恐惧？

但有一点可以肯定

那些能够在迁徙中存活下来的先人

他们本身就在创造着生命的奇迹

活着，而且可以

在那样封闭贫瘠的土地上刀耕火种

数百年如一日地繁衍后代，生生不息

今夜，我独坐在这里

一间远离故土的宽大卧室里

闭上眼，静静回想你出生的全部过程

当我手持那台摄像机

颤抖着记录下你，开始走进我的视野

你落入镜头最初的那一瞬间

我的呼吸近乎窒息

大脑在晕眩中陷入空白

我的世界近乎虚无

当她们把一管

你初生的鲜血

纯洁到近乎完美的鲜血

无比淡定地交到我手里

我的心，瞬间激起一种从未有过的震撼

甚至还有一丝惊恐

那种震撼，该怎样来向你描述呢亲爱的

就好像是我们一起目睹了

你未曾谋面的奶奶，一辈子耗费在土地上的

所有汗水

你是那样一个高贵而纯真的幼小生命

是她用一生的汗水

换来的一个真实瞬间

今夜

我所能看到的，是另外一个

更为壮观和深沉博大的生命幻景

弥漫着古风的荒原之上

行进着一条风尘仆仆的人链

一群被捆绑的囚徒组成的人链

我清楚地看到了祖先们的脸

帝王的绳索深深嵌入他们的血肉之中

他们的脸色，像古铜一样刻满沧桑

这是一支远离生命故土的迁徙队伍

在这样一支由忍者凝成的队伍中

我仿佛看见

在他们拼命弯曲前倾的肩头

跃动着一个你这样，娇嫩而鲜活的幼小生命

马蹄和硝烟，丝毫不能阻挡
你和先祖们踽踽前行的方向

我依稀看见一双难以辨识的巨手
依次让你停驻
在那些硬朗而健壮的肩头停驻
你就像一只停泊在那些肩膀之间
还难以展翅的飞鸟，充满灵性
稚嫩的双唇无比鲜亮
在那些失去自由，却又
正在寻找自由生活的人流中
在一双巨手的牵引之下
自由而轻盈地跃动

我还看见
那些尘土飞扬的肩膀
忍受着旅途的煎熬和焦渴
为了让你这样一个自由的精灵得以停驻
他们在尽可能地彼此靠近
尽管他们看起来

就像一群命中注定的折翼鸟
但他们依然在用彼此靠近的力量
维护你的尊严
以及你蹒跚爬行的方向

因为当你开始懂得飞行的时候
你的方向，就是他们的希望

这群庞大的折翼鸟在荒原上
组成的浩荡的迁徙队伍
他们和你都有着一个共同而古老的姓氏——徐
在这样浩大壮美的游行队列之中
我只是一个卑微的看客
凝望着这些仁者的看客
内心充满感激
我手里依然紧握着你原初而至美的
生命之血
我的目光一直追随着古代
追随那些跃动而渐远的肩头
在那一刻，我泪流满面

因为我被一股强大的能量所击倒
被来自我生命本体的原始力量所击倒
就像我依然紧握的那个血管
只在瞬息之间就证明了
你的存在是那样真实而生动

亲爱的月月
还是让我们的思绪
回到你田间的爷爷奶奶这里来吧
我出生在一个人口泛滥的年代
却从未有机会辨识到
我爷爷奶奶的音容笑貌
我只能从乡民们绘声绘色的描述中
去想象那个留着八字须、戴水晶眼镜
有着清朝读书人形象的祖父
他是那些忍者的杰作
一个江西移民的后裔
可惜我只能隔着沉默的镜框
久久和他对视

据说在比他更早的年代

那些徐姓的先辈们

迫于生计，甚至是迫于皇权的鼓动

向西迁移到更加遥远的四川

而他们的根究竟在哪里

他们迁徙的脚步又会在哪里终结

家谱没有记录最后的真相

这仿佛是一个永远没有答案的传说

差不多在十二年以前

同样是这样酷热的盛夏夜晚

爷爷以顽强抗拒医院的方式

默默告别了这个世界

和那个迷恋大海的美国人海明威一样

爷爷只相信生命原初的力量

他在弥留之际

依然为前途未卜、漂泊在外的我

展开了长久的幽思

我真的不敢去想象

如果让他这样一个青铜时代的使者

能够完成一次和你相遇的话

他的内心，将是一种怎样酣畅的颤动

就像历史难以假设一样

人和人之间的相遇

一个人和世界之间的相遇

需要穿越多少的时空隧道

所幸的是，你还有机会

和刚毅倔强的奶奶相遇

她的力量足以强大到，

带着你去改变那些水稻、棉花、家畜的

无数次生命轮回

她的力量也足以弱小到

最终归依附于养育她的尘土

如果这个世界

都是由她这样的人组成

奶奶的一生

还会让无数的医院倒闭关门

让无数真真假假的医生回家

况且医院对她来说

是她最不愿意遇到的地方

当她生完第六个孩子——我以后

人民公社的赤脚医生

用一次草率的节育手术

给她留下关于医院最糟糕的记忆

毛手毛脚的乡村医生给她留下后遗症

以至于过去的八年中

为了延长自己的生命

她极不情愿地被乡亲们"捆绑"到医院

去修正那些庸医们馈赠给她的多余的疾病

亲爱的月月

我惊喜于你出现在爸爸面前的生命奇迹

然而今夜

我只能枯坐于斗室之中

默默思念被放置于医院襁褓中

那个水清木华、月色晕染的你

那娇嫩鲜艳的双唇

幼小柔弱的身躯

亲爱的，我今夜无眠
是因为我期待着
和你完成真正意义上的第一次相遇
相信我们的生命
都会因为这样优雅而自由的相遇
就像那些你曾经停驻过的肩膀
各自散发出应有的芳香

2005 年 7 月 17 日　北京